Corinna Franke

Lesebuch

Corinna Franke

Lesebuch

Geschichten und Gedichte

(mit Bildern („**_Ölbäume_**") der Autorin)

Herstellung und Verlag:
Books on Demand, Norderstedt

ISBN: 978-3-7519-5474-7

Die Übergabe

In einem kleinen ungarischen Dorf nahe der österreichischen Grenze gab es einen Brauch, der das Leben der Bewohner prägte.

Es war die Übergabe des Tagebuches von der Mutter an ihr volljähriges Kind.

An seinem 18. Geburtstag wurde abends ein Feuer angezündet und das Buch, in das die Mutter seit der Geburt des Kindes jeden Tag einen kurzen Eintrag gemacht hatte, weitergegeben.

Dabei kam es darauf an, ob die oder der Betroffene, wenn das Tagebuch durchs Feuer gereicht wurde, sich die Finger verbrannte; dann wurde es ein schmerzensreiches Leben.

Sollte gar das Buch anfangen zu brennen, wurde das Leben des Geburtstagskindes eher kurz.

Leuchteten aber die Sterne am Himmel, würde sein Leben lang und glücklich werden.

Von nun an musste die oder der Volljährige sein Tagebuch selbst weiterführen.

Im 18. Lebensjahr – so ein weiterer Brauch – suchte sich eine Frau einen Partner aus ihrem Dorf aus, den sie dann im folgenden Jahr ehelichen musste.

Bei der Hochzeit wurde der Braut von ihrem Vater ein leeres Tagebuch für ihr Erstgeborenes übergeben.

Wenn dann das erste Kind geboren war, und feststand, ob es ein Mädchen oder ein Junge war, wurde dieses leere Buch mit Wasser benetzt und dann über einem Feuer getrocknet.

Aus den dabei entstandenen Flecken auf dem ledernen Umschlag deutete man dann den Namen des Kindes.

Zu jeder weiteren Schwangerschaft bzw. Geburt bekam die Mutter ein weiteres Tagebuch von ihrem Paten.

Je nach Anzahl der Kinder verbrachte eine junge Mutter so manch eine Stunde am Tag, in der sie das Wichtigste in ihr Buch und das ihrer Kinder schrieb.

Waren die Kinder dann groß, wurde es ruhiger im Leben der Mutter.

Was geschah mit dem Tagebuch nach dem Tod der betroffenen Person?

In einem nahen Bergwerk war ein riesiger, leerer Stollen, in dem alle vollendeten Tagebücher gestellt wurden, um an die Vorfahren je nach Belieben zu erinnern.

Dornröschen

12

Ich machte ein Praktikum als Näherin in einer Stofffabrik.

Die Fabrik bestand aus mehreren großen Räumen, in denen je 10 – 12 Naherinnen saßen.

Dort wurden für die Kollektionen eines Modelabels Stoffe mit Applikationen versehen. Erst anschließend wurden die Modelle – Kleider, Hosen, u. ä. – von den Designern zugeschnitten.

Die Arbeit machte mir Spaß. Ich musste verschiedenfarbige Rosenblüten auf den Stoff nähen. Die Stoffbahnen waren zu 2 x 2 m vorgeschnitten.

In der zweiten Woche meines Halbtagspraktikums bemerkte ich den Blick des Vorarbeiters auf mir ruhen.

Walt White Thin war ein Mann mittleren Alters, der nicht schlecht aussah und bei der Belegschaft beliebt war.

Ich trug bei der Arbeit meist weite Wollröcke und sah mit meinen langen, lockigen Haaren wohl auch interessant aus. Ich war eher schüchtern und wurde durch Walt White Thins Blicke neugierig. Ich fühlte mich wohl dabei und fing an zu träumen. Nicht umsonst nannten mich meine Freunde „Dornröschen".

Die 4 Stunden Arbeit gingen jetzt noch leichter von der Hand, zumal die Stoffe, wenn sie fertig genäht waren, fantastisch aussahen: Schwarze Rosen, lila Knospen, dunkelgrüne Blütenblätter. Ich stellte mir Hochzeitskleider aus diesem Stoff vor.

Ich wusste fast nichts über Walt White Thin. Ob er verheiratet war und Kinder hatte. Ich wusste nur, dass mir unsere Blickwechsel gefielen, sehr gefielen.

Manchmal musste ich, um neues Garn zu holen, in einen Nachbarraum, und wenn Walt White Thin mich dort sah, schaute er mich überrascht mit großen Augen an und bekam noch rotere Wangen als sonst. Ich fing an, Gedichte über Walt White Thin bzw. über Rosen zu schreiben.

Mein Praktikum hatte im Februar begonnen, und jetzt, als es Frühjahr und damit wärmer wurde, wechselte ich die Wollröcke gegen Miniröcke mit Seidenstrumpfhosen und band mir die Haare mit einer kleinen Schleife zusammen. Walt White Thin schien dies zu gefallen, denn ich sah ihn auch auf meine Beine schauen. (Ich machte mir jedoch kaum Hoffnungen, dazu war ich zu scheu.)

Eines Tages geschah etwas Seltsames:

Walt White Thin hatte am Vortag die neuen Auftragslisten an die Näherinnen verteilt. Mein Zettel lag neben meiner Nähmaschine und einer Intuition folgend drehte ich ihn um. Dort war etwas abgedruckt. Walt White Thin benutzte oft Schmierpapier für seine Listen.

Als ich mir aber den Text, ein Liedtext, durchlas, schlug mein Herz schneller. Es war eine Art Liebeslied, von dem aber die ersten zwei Zeilen fehlten.

Ich fing an zu grübeln. War das Zufall oder steckte einen Absicht dahinter? (Diese Frage stellte ich mir noch lange.)

Am nächsten Tag kam Walt White Thin hübsch bekleidet mit einer Weste mit Blumenmuster und einem weißen Hemd in die Näherei.

Die Zeit verging. Inzwischen nähte ich Schneekristalle für die Winter-Kollektionen auf die Stoffe. (Meinen zweiten Spitznamen „Schneewittchen" hatte mir ein Ex-Freund gegeben, wegen meiner schwarzen Haare und meinem blassen Teint, aber nur er durfte mich so nennen.)

Einige Tage später, als ich auf dem Weg zur Toilette an Walt White Thins Kabuff vorbei kam, sah ich, wie er mit einer jungen Frau aus der Buchhaltung Händchen hielt.

Die Blicke gingen weiter hin und her und streichelten meine Seele. ich erwartete nichts.

An einem Mittag – die Arbeiterinnen gingen alle früher nach Hause, weil es eine Besprechung unter den Vorgesetzten gab – war ich die letzte in der Halle. Walt White Thin kam auf mich zu und sagte, dass es Zeit wäre, er müsse mich jetzt rauslassen. „Ich bin der Schließer", sagte er und lächelte.

Mein 5 monatiges Praktikum näherte sich dem Ende. Ich wusste nicht, wie ich ohne Walt White Thins Blicke klar kommen sollte. Ich würde ihn vermissen.

An meinem letzten Tag bat mich Walt White Thin in seinen Kabuff und bot mir einen Kaffee an. Er fragte mich, wie es mir hier gefallen habe und was ich als Erfahrung mitnähme. Ich antwortete, ich hätte viel gelernt. Am liebsten hätte ich ihn auf den Zettel angesprochen, aber

das konnte ich überhaupt nicht. Er lächelte
etwas gequält und wünschte mir alles Gute.

Wir sehen uns manchmal in der Stadt und er
erkennt mich jedes Mal wieder. Ich habe
immer noch lange Haare, aber inzwischen sind
sie grau. Und ich war, wie er auch, dicker
geworden. Wir grüßen uns und gehen unserer
Wege.

Ölbaum-Gedichte

Esel
und Ziegen
wie sie liegen
unter dem Ölbaum
ich sah sie kaum
fressen die Oliven
von dem Baum
dem schiefen
Kot und Dung
in der Hoffnung
gebraucht zu werden
bis sie sterben

Dürre,
Gras
und Fels
Sonne
auf ihrem Pelz
liegen
die Schafe unter
dem Ölbaum drunter
Geführt
vom Hirt
und
belebt
als Wirt
warten
sie auf Schur
Wo ist
die Hoffnung nur
Lämmer
in die Welt
zu pflanzen
über
bunte Pflanzen tanzen
Mäh
blöken sie
Ein Vogel
macht
tirili

Knorrige Äste
Stämme
aus Gold
Im Sommer
sind ihnen
Früchte hold.
Knoten
sind nicht verboten
Grillen
zirpen
im Mondenschein
Ach
so ein alter Baum
ist allein.

Wasser
ist rar
aber das stört
den Ölbaum gar
nicht
trocken
das Gras
vorüber
hoppelt
ein Wildhas'
grün
und schwarz
die herbe Frucht
am Baum
in Italiens
süßem
Sommertraum

Der Hund
er hebt
das Bein am
Baum
herunterfällt
ein Früchtetraum
Schnappt
sie gierig
mit der Schnauze
und zerkaut'se
Bellt
ein, zweimal
hingerissen
und hofft
dass sie ihn
nicht erwischen.

Die Blätter
an dem Baume
hängen,
um viele, viele
Armeslängen
Hellgrün,
vergoldet
sinnentleert
weil keiner
sich um
einen
fruchtlosen
Ölbaum
schert.

Viele Jahre
steht er nun
schon dort,
alt
verkrüppelt
und
verdorrt.
Keine Frucht
mehr
kann er geben
keine Olive
mehr zu lesen.
Grimmig
schaut er
auf den Felsen
mit seinen
trockenen Hälsen
Doch eine
Krone
aus Gold
trägt
er doch,
der
alte
Moloch

Ein Adler
steigt
in die Lüfte
über
feinst Olivendüfte.
Er kreischt
es knackt
in dem Geholz
Der alte Baum
denkt sich
was soll's
soll der
Adler Früchte
fressen
mir ist's egal
wer will
kann von mir essen
Ich warte
hier schon Jahr
für Jahr
und gebe hin
auf meinem Altar,
Mensch und Tier
erfreuen sich.
Auch dieses Jahr
enttäusch ich
sie nicht.

Die Biene

Ich hatte einen Kummer.

Ich saß in der abgedunkelten, kleinen Wohnung, die aus einem Wohnzimmer, in dem ich auch schlief, einer kleinen Küche und einem winzigen Bad bestand.

Ich hatte die Fenster mit schwarzem Tuch verhangen und nur kleine, rote, batteriebetriebenen Grablichter in jedem Zimmer gaben ein bisschen Licht.

Ich wusste nicht, ob Abend oder Morgen war, denn ich schlief, wann ich wollte, ich hatte kein Zeitgefühl und meist schlief ich auf dem Wohnzimmerboden in mitten der leeren Rotweinflaschen.

Ich ernährte mich von Wein und Zigaretten und hatte keinen, gar keinen Kontakt zur Außenwelt. Den Fernseher und das Radio machte ich nicht an, den Hörer des Telefons hatte ich danebengelegt.

Ich war einsam und wollte sterben.

Die einzige Bewegung, die ich wahrnahm, war mein Schatten, der durch die Grablichter entstand.

Als ich an irgendeinem Tag zu irgendeiner Uhrzeit in die Küche ging, um eine neue Rotweinflasche zu holen, sah ich im Augenwinkel auf der Anrichte eine kleine Bewegung.

Was war das?

Ich machte die Deckenlampe an und sah eine Biene auf der Anrichte sitzen.

Sie bewegte einen Fühler.

Wie war sie hier herein gekommen?

Ich streckte vorsichtig meinen Zeigefinger aus und strich über ihre Fühler, die Biene flog nicht weg.

Sie machte einen kleinen Sprung, als versuche sie zu fliegen, aber anscheinend war sie verletzt.

Doch dieses kleine Wesen gab deshalb noch lange nicht auf.

Jetzt putzte sie ihre Flügel, als sei alles in bester Ordnung.

Warum konnte ich nicht auch so tun, als ob ich keinen Kummer hätte und normal weiterleben?

Da spreizte die Biene ihre Flügel und flog auf die Deckenlampe.

Ich riss das schwarze Tuch vom Fenster und öffnete es weit. Die Biene flog nach draußen in ein samtiges Orange – ob Morgen- oder Abenddämmerung wusste ich nicht.

Vor meinem Fenster trug ein Haselnussstrauch Früchte. Ich beugte mich heraus, pflückte eine Nuss, schlug sie auf und als ich sie kaute, dachte ich:

„So etwas Leckeres habe ich noch nie gegessen."

Der 10. Hase

oder

Packs 10

40

Die kleine Gruppe bestand aus neun
Kaninchen:

Vier Männchen und fünf Weibchen.

Sie lebten in einem selbstgebauten
Höhlensystem.

Die neun Wild-Kaninchen waren etwa gleich alt
und vier Pärchen. Nur das eine Weibchen war
allein und sehnte sich nach einem Partner.

Eines Tages wagte sich ein fremdes Kaninchen in die Höhle.

Es war mutig und die neun anderen Kaninchen respektierten den Rammler bald.

So setzten sie ihn als ihr Oberhaupt ein.

In der Umgebung der Höhle gab es noch einige andere Kaninchen-Sippen.

Sie alle wurden von einem König angeführt.

Unser mutiges Kaninchen wurde nun von allen Kaninchen zum König ernannt,

und da dies erst junge Sippen waren, war er der 10. König.

***

Im Dorf unterhalb des Kaninchen-Hügels lebten hauptsächlich Bauern, die die umliegenden Felder bewirtschafteten.

In diesem Dorf gab es einen Dorf-Trottel, der, wie mir mein Ex-Freund erzählte, seine gesamte Faust in den Mund stecken konnte und mit ihm, meinem Ex-Freund, verwandt war.

Natürlich gab es in diesem Dorf auch eine
Zeitung.

Eines Tages sahen die Bauern auf der Titel-
Seite das Foto von einer Frau, die sich auf einer
Wiese räkelte, die über und über mit
Baumwolle bedeckt war.

Der Untertitel lautete:

**Frau verändert in einer Woche ein ganzes
Jahrzehnt.**

***

Der Journalist bot Ina Rank einen Platz an und fragte sie:

„Wie ging es Ihnen bei dieser … äh … Sache?"

Ina Rank erzählte:

„Angefangen hat es damit, dass ich eine Berühmtheit kennengelernt habe und einfach nur freundlich war.

Ich machte daraus ein Geheimnis, was nicht einfach war.

Die Spannungen, die dies hervorrief, zerrten an meinen Nerven.

Ich hatte das Gefühl, ich verändere die Zeit, ... nun, bald beginnt ja ein neues Jahrzehnt.

Ich war froh, als ich nicht mehr schubsen und schieben musste, sondern die Dinge wieder von allein liefen."

„Vielen Dank für die ausführliche Beschreibung", meinte der Journalist.

„Was meinen Sie denn, was sich speziell ändern wird?"

Ina Rank lächelte:

„Ich hatte die Vision, dass die neuen Mode-Farben pink und silber werden, wie in den 80ern und …

… dass die Welt teilweise spritziger wird, und auf der anderen Seite harmonischer.

Die Farben hierfür sind:

olivgrün, preußischblau, bordeaux und senfgelb … und braun.

Politisch sehe ich einen positiven Ruck von
rechts mehr in die Mitte voraus."

Der Zeitungsmann bedankte sich noch einmal
und machte noch ein Foto von Ina.

***

Ina Rank saß zu Hause an ihrem Schreibtisch und dachte nach.

Sie hatte in dieser einen Woche auch eine Vision von einem Buch gehabt.

In dieser Vision hatte eine bekannte Schriftstellerin ein Buch namens „Der 10. Hase" geschrieben.

Da Ina aber keinen Titel stehlen wollte, überlegte sie, ein Buch über Kaninchen mit dem Titel „Packs 10" zu schreiben.

***

Der 10. König der Kaninchen lebte lange.

Er wurde ein großer und gerechter Herrscher.

- Ende -

Gemischte Gedichte

Trauer(arbeit)

Der Gedanke
an mein
verstorbenes Kaninchen
lässt mir noch immer
Tränen in die Augen steigen,

eine kleine Träne
löst sich
aus dem linken Auge

läuft zur Nasenspitze
dann am rechten Nasenflügel entlang
zu dem weißen Schnurbarthaar
das dort über dem Mund gewachsen ist ….

I. M. Knut

Malen –
die Fortpflanzung
von Farbe

Schlafmütze

Meine Haarspange, eine
kleine schwarze Rose,
wächst sich zu einer
großen Blüte aus,
sowie die kleine Espresso-
Tasse meiner Freundin,
die mit der Goldkante
und dem Rosenmotiv,
sich zu einer schlichten
weißen Teetasse vergrößert

Die Synthese aus beidem
ist die schwarze
Sonnenbrille auf der Nase
meines Gast-Stofftiers,
dessen schwarzer Hut an
einem dünnen Draht
in der Luft balanciert,
bis er nachgibt bzw.
ausleiert und zu einer
langgezogenen Schlafmütze
wird.

Kristalle

Mein Briefmarkenbuch,
seitenweise nicht abgestempelte
selbstklebende Briefmarken
mit Sommer/Sonne/Meer
Leuchtturm Motiv.

Ein weißes Blatt mit
weißen Stickern zum Aufkleben,
rein weiß, nur haptisch
zu erkennen.

Ich packe das Blatt in eine
Umzugskiste und versuche
diese mit einer Kordel zu
zubinden.

Das Stickerblatt ist sehr
dick geworden und lugt an
einer Stelle aus dem Karton.
Es erinnert an einen
großen Eiskristall.

Meine schönste (Kindheits-)
Erinnerung taucht auf:

Es war Winter, hatte gefroren
und ich ging mit meinen
Eltern und meiner Oma in
einem Wald in der Nähe
meiner Heimatstadt spazieren.

Alles war gefroren: der
Weg war glatt und an den
Bäumen hingen Eiszapfen
und die Äste waren überzogen
wie mit Zuckerglasur.
Es glitzerte und funkelte,
die Sonne schien darauf.

Ich mache den Karton
schluderig zu.

Als ich ihn später – nach
meinem Umzug? – öffne,
liegt ein Paar braune
- selbstgestrickte? – Socken meiner
Freundin darin.

64

Übertreibung ist ein Zeichen
von Dummheit,
nur der Kluge zeigt Maß.

Wenn aber der Kluge
übertreibt,
ist das ein Zeichen
von Freiheit.

Man ist aber in dem Maße frei,
in dem man die Freiheit
in Maßen genießt.

Mein Blutkolben

Auf dem Rückweg
ich habe das Gefühlt,
wir fahren genau in die falsche Richtung

Eine Querstraße
links oder rechts?
Ich entscheide mich für rechts.

Ich erkenne,
wohin der Weg führt,
gerade dahin, wo ich nicht hin wollte.

Dann ein Tunnel
ich atme beklemmt
mein Blutkolben stampft –

dann zittert er wie ein Vögelchen.

Meine erste Vernissage

Die Sonne braucht
neue Nahrung,
um zu strahlen

Sie nimmt
die Köpfe
der gelben Rosen
vom Feld

und frisst sie.

Aus meiner Nase
und meinen Ohren
wachsen Blätter.

Auf meinem Rücken
sitzen kleine Flügel.

Ich bin nackt
und schön.

Inhalt